LA RENTRÉE CATASTROPHIQUE

de ROMANE LUX

18 rue Barbès, 92120 Montrouge
ISBN : 979-1-0363-1124-6
Dépôt légal : août 2020

Loi 49-956 sur les publications destinées à la jeunesse.

LA RENTRÉE CATASTROPHIQUE de ROMANE LUX

SYLVAIN ZORZIN

MORICIO

bayard jeunesse

1

Voilà, comme tous les ans, ça recommence : pour aller à l'école, mon père nous demande de mettre une écharpe, un bonnet et des moufles. En plein mois de septembre.

Comme si ma sœur et moi, on vivait au Groenland !

– Ça serait quand même dommage de tomber malade le jour de la rentrée, dit papa.
Ça c'est son argument pour qu'on s'habille comme si on allait chasser le phoque.

Mon père, il est toujours comme ça. La peur, c'est sa raison de vivre.

Heureusement, maman n'est pas d'accord.

Pour la rentrée, elle nous avait acheté deux tenues. Pour moi, un pantalon et un sweat-shirt avec « **13** » écrit en gros, car c'est mon chiffre porte-bonheur. J'adore ! Et pour Clara, une petite robe à fleurs roses, avec des dentelles en bas.

Mais, après le petit-déjeuner, j'ai croisé Clara, qui tenait un gros feutre à la main. Et là j'ai ouvert des yeux grands comme des balles de ping-pong.

Ce qui s'est passé en vrai.

Oui, je ne vous ai pas dit : Clara veut toujours faire comme moi. Toujours. Et ça m'énerve !
Sauf que là, c'est ma mère qui allait piquer une énorme crise. Et pour l'aider à piquer sa crise (parce que j'aime aider les gens), j'ai crié le plus fort que j'ai pu :

Maman ! **MAMAAAAN !**

Ma mère est arrivée en courant. En voyant ma sœur, elle a ouvert des yeux grands comme des ballons de foot.
– Oh là, là, Clara, qu'est-ce que tu as fait à ta jolie robe ?
Moi, j'étais trop contente. Attention, hein, j'aime beaucoup ma petite sœur. Mais j'aime encore plus quand elle se fait gronder.

Pour en rajouter une couche, j'ai dit :
– Elle a dessiné un chiffre et elle ne sait même pas compter aussi loin, hi, hi, hi.
À cet instant, Clara s'est retournée.

Je suis assez nulle en tables de multiplication, mais je pense qu'elle avait tout juste. Tout.
Maman a applaudi. Clap, clap, clap… Comme à chaque fois que ma sœur bouge un cil. Clara est vite allée enfiler une salopette. Adieu la robe de fille parfaite !

Lorsqu'on a mis nos cartables, une autre mauvaise nouvelle nous attendait.

– C'est papa qui va vous emmener à l'école. Moi, je dois passer un casting, pour une publicité pour du shampooing, a annoncé maman.

Ça non plus, je ne vous l'ai pas dit. Ma mère a deux passions dans la vie : applaudir ma petite sœur, et être actrice pour la télé. Une fois, elle a joué dans une pub pour du cacao. Depuis ce jour-là, à la maison, les petits déjeuners sont affreux.

Dès qu'on met le pied dehors, j'entends mon père râler :
– Vous ne voulez pas mettre vos moufles au moins ? Ou des chaussettes en laine ? J'en ai acheté qui ne piquent pas !

Direction l'école des Tilleuls. Cette année, je rentre en CM1 et Clara en CE1.
L'école est située à dix minutes à pied de chez nous. Enfin, dix minutes pour des gens normaux ! Mais avec mon père, on va mettre au moins vingt minutes, minimum.
À peine avons-nous refermé la porte d'entrée, qu'il nous lance :
– Les filles, vous vous rappelez ce que je vous ai dit : on regarde toujours à gauche et à droite. À gauche, à droite.
– Papa, on est encore dans le jardin, là.
– À gauche, à droite, répète mon père. À gauche, à droite.

PFFF! Dans la jungle au moins ça aurait un sens!
À droite : un serpent et un crocodile!
À gauche : une mygale et un tigre!
ici c'est n'importe quoi!
À droite : une balançoire et des pots de fleurs!
À gauche : des moineaux et une raquette de jokari!...

Papa renchérit :
– Allez, on se dépêche, on va être en retard.
En retard ? Ah non, surtout pas ! J'ai trop hâte d'être à l'école !
Oui, je sais, c'est bizarre de dire ça. Mais je vais retrouver Lucy, ma meilleure amie. On ne s'est pas vues depuis deux mois. Elle a passé toutes ses vacances dans sa famille, en Angleterre. Elle m'a tellement manqué ! Je me demande si elle m'a rapporté un cadeau de là-bas.
Je sautille sur le chemin. Évidemment, Clara fait la même chose.
J'en ai marre qu'elle m'imite !

Pour arriver à l'école, nous traversons le centre-ville de Grouseille-sur-Brie. Nous passons même devant la pharmacie de mon père et son slogan ridicule.

Plusieurs fois, avant de traverser, papa nous répète :

– À gauche, à droite. À gauche, à droite.

– Mais oui, on sait.

– Il faut être prudent, je vous l'ai déjà dit mille fois. Toujours regarder partout, sinon vous…

Et là, tout à coup, mon père se tait. Enfin, plus exactement, il dit :

– Ouille. Ouillouillouille.

Quand on se tourne vers lui, il est assis par terre, en train de se frotter la tête. Finalement, il avait raison : une raquette de jokari, quand elle tombe de la fenêtre d'un immeuble, ça peut être super dangereux. Clara et moi, on s'écrie :

– Ça va, papa ?

– Oui, oui, ça va, grogne-t-il.

Mais il passe tout le reste du trajet à regarder au-dessus de lui, en se frottant la tête.

Dans la rue qui mène à notre école, j'aperçois quelques copains de classe. Enfin, nous arrivons devant le grand portail. J'ai le cœur qui accélère quand je redécouvre ma vieille école, avec ses marronniers plantés dans la cour, ses bâtiments multicolores, et son grand mur recouvert de graffitis.

Oui, il faudra que je vous parle de Kédon.

Papa nous embrasse comme si on n'allait pas se revoir avant trois semaines.

– À ce soir, mes filles. Et soyez prudentes en classe.

– Oui, papa, répondons-nous en chœur.

Il repart, le nez en l'air. Une voix fait à côté de moi :

– Qu'est-ce qui lui arrive ? Il attend une invasion extraterrestre ?

Je reconnais cette voix :

– Lucy !

Je saute dans les bras de ma meilleure amie et nous nous serrons très fort.

Clara part en courant rejoindre sa classe de CE1. Je regarde encore Lucy : elle n'a pas changé ! Elle a toujours sa frimousse souriante, ses taches de rousseur, et son léger accent anglais qui lui donne un charme fou. C'est si craquant, sa façon de parler ! Elle pourrait dire n'importe quoi, ce serait toujours hyper mignon.

Je m'apprête à lui poser des questions sur ses vacances, mais elle me coupe la parole :
– Tu connais la nouvelle ? Cette année, on a encore monsieur Boulala !

Il faut comprendre que là, j'ai **HURLÉ**.
Je suis dégoûtée : monsieur Boulala était déjà notre maître de CE2 et c'était horrible : il n'arrêtait pas de nous punir et de nous crier dessus. Et ça va recommencer ? Pfff.
Évidemment, notre maître ne s'appelle pas comme ça. En vrai, il se nomme monsieur Boulmerka. Mais l'année dernière, à chaque fois qu'on avait une mauvaise note, il disait « Bouh ! là ! là ! » en nous regardant comme si c'était une énorme catastrophe.

Ensuite, Lucy me parle un peu de Londres, de Big Ben, de Buckingham Palace. Mais très vite, la sonnerie retentit dans l'école. Nous nous alignons devant la porte. Kédon est là, bien sûr, avec sa grande mèche blonde qui lui tombe sur le front. Il y a aussi Gilberte, Dylan, et tous les copains de classe.

Monsieur Boulala nous accueille bizarrement avec un grand sourire. Je dis « bizarrement » car je ne l'ai jamais vu sourire. Sauf une fois, quand je l'ai aperçu en train d'écrire un graffiti sur le mur de l'école.

Son P'tit squelette, il est toujours là, dans la classe, près de l'entrée. Mais pas comme avant.

– T'as vu ça ? C'est n'importe quoi ! me chuchote Lucy.

Je pousse un petit cri : le squelette, il fait un dab !

Brrrr ! Avant, il me collait des frissons, maintenant c'est encore pire.

Des rires éclatent autour de nous, mais monsieur Boulala fait comme s'il n'avait rien entendu.

Et je ne suis pas au bout de mes surprises : les murs ont été recouverts d'une tapisserie aux couleurs de l'arc-en-ciel, avec des mots écrits dessus :

Lucy et moi nous asseyons ensemble, près de la fenêtre. Quand tout le monde s'est installé, monsieur Boulala monte sur l'estrade. Il nous regarde tous en souriant encore, et dit, d'une voix qu'il essaie de faire très douce :

– Les enfants, pendant ces vacances, j'ai beaucoup réfléchi. Je crois que, l'an dernier, j'ai été trop sévère. Et ce n'est pas comme ça que vous vous sentirez encouragés. J'ai donc décidé, cette année, d'être le plus gentil maître du monde.

Dans la classe, tout le monde ouvre des yeux immenses comme des montgolfières. Je regarde si le maître n'a pas croisé ses doigts derrière son dos : il peut très bien nous faire une blague.

Mais non, monsieur Boulala a l'air hyper sérieux. Notre maître doit sentir qu'on a du mal à le croire, car il continue :

– D'ailleurs, pour vous prouver que je suis devenu gentil, je vais vous avouer un secret. L'an dernier, je vous avais dit que Monsieur Squelette était un vrai squelette. Eh bien, je vous avais raconté ça pour vous faire peur.

C'est vrai, il nous avait dit que c'était le squelette d'un cambrioleur qu'il avait attrapé chez lui. On avait tous eu la trouille de notre vie. Des parents étaient même allés voir le directeur pour se plaindre.

Monsieur Boulala continue avec un sourire attendri :

– En fait, c'est un squelette en plastique, que j'ai acheté à La Foire magique, le magasin de farces et attrapes. Mais attention, je l'aime beaucoup quand même. C'est mon P'tit squelette à moi.

Puis il se dirige vers l'armoire au fond de la classe.

– Voici vos cahiers d'exercices pour cette année. Pour que tout se passe dans la félicité et l'harmonie.

Je suis à deux doigts de tomber à la renverse : le maître nous donne des cahiers en forme de cœur !

Dans la classe, il y a encore plus de rires que tout à l'heure, mais monsieur Boulala continue de faire comme si de rien n'était. Je dis à Lucy :

– Là, je crois que monsieur Boulala a vraiment pété un plomb.

Notre maître annonce :

– Ouvrez vos cahiers. Pour commencer l'année, nous allons faire une dictée.

Dans la classe, on entend des « Beurk ». Dylan lève alors le doigt et demande :

– Mais, monsieur, si vous êtes devenu gentil, pourquoi on fait une dictée ?

Dylan, il a toujours des mauvaises notes. Il fait même des fautes d'orthographe à son prénom.

Le maître sourit et répond :

– Ne vous inquiétez pas, la dictée sera gentille.

Il commence :

« Maître Corbeau, sur un arbre perché,
Tenait en son bec un fromage
Il cria fort "Ohé, ohé"
Au Renard qui était dans les parages
Ils partagèrent tout, c'était chouette
Et devinrent des amis trop sympas
Puis ils invitèrent Monsieur squelette
Et firent, youpi, une soirée pyjama ! »

Ouh là, ce n'est pas la fable de La Fontaine que je connais. Monsieur Boulala a reçu un coup sur la tête, il n'y a pas d'autre explication !

Et puis, il y a plein de mots difficiles dans cette dictée… Mais je pense que je m'en sors pas trop mal. Enfin, la sonnerie retentit : c'est l'heure de la récréation. Monsieur Boulala reste assis à son bureau, à corriger nos exercices.

Lucy et moi, nous nous précipitons dans la cour. Les garçons ont déjà commencé un foot, avec Héloïse dans les buts. Nous, on va faire de l'élastique à côté d'un grand marronnier. Même si Lulu et moi on est les meilleures amies du monde, on aimerait bien que quelques copains nous rejoignent, ça serait chouette.
Sauf que personne ne vient.

Évidemment que personne ne vient ! Ils sont tous autour de Gilberte. Ah ! Il faut aussi que je vous en parle, de Gilberte.
Gilberte est POPULAIRE !

Enfin bon, moi je m'en fiche qu'elle soit populaire. Qu'elle soit la maxi-plus populaire de l'école. Et même de tout le quartier : je suis certaine que, si vous posez la question dans les magasins autour de l'école, ils vous répondront tous qu'elle est troooop sympa.

Et je m'en fiche que toutes les filles de la classe veuillent tout le temps jouer avec elle, même s'il pleut, s'il grêle, ou qu'il y a une explosion atomique à côté du toboggan. Et j'en ai rien à faire que les garçons aussi lui tournent autour, comme des abeilles autour d'une fleur, bzz, bzz.

Regardez : même Kédon est parmi eux ! Pourtant, Gilberte, c'est vraiment pas une reine de beauté. Je dirais que si vous la regardez de près, vous la trouverez hyper super moche. Déjà que de loin, elle est méga ultra moche… Et c'est pire encore si on la regarde à une distance normale.

Mais je m'en fiche.

Oui, parfaitement.

Et puis, moi, je suis très bien avec Lucy. On a accroché un bout de l'élastique à un arbre, comme ça on peut jouer toutes les deux.

Mais une voix nous fait tourner la tête :

– Hé, ch'uis sûr que tu peux pas sauter cent fois.

C'est Dylan, le copain qui ne sait pas écrire son prénom. Bon, apparemment, sa mère non plus.

Lucy s'écrie aussitôt :

– Alors là, tu paries ?

Je m'exclame :

Mais ça ne sert à rien. Lucy commence à sauter au-dessus de l'élastique comme une enragée, en comptant : 1, 2, 3, 4… Voilà, elle devient toute rouge. Ses taches de rousseur la font ressembler à une fraise.

Lucy, elle est comme ça. Elle accepte les paris les plus crétins. Et Dylan en profite toujours pour lui proposer des défis complètement débiles. C'est comme ça depuis la maternelle.

Maintenant, non seulement Lucy est rouge foncé, mais elle tire la langue tellement elle est fatiguée. Elle dit : « 86… han, han… 87… han, han… »
Enfin, c'est la fin de la récré.
Je m'écrie :
– Ça suffit, maintenant.
– C'est bon, je rigolais ! fait Dylan. Bravo Lucy, t'es une vraie championne.
Et Dylan sourit à pleines dents. Parfois, Dylan est sympa, mais on ne sait jamais quand.
Il m'aide à porter Lucy jusqu'à la classe. Elle a l'air d'une fraise trop mûre, même pas bonne pour une confiture…

Lorsqu'on entre dans la classe, monsieur Boulala est assis à son bureau.
– Asseyez-vous, dit-il. J'ai une autre bonne nouvelle pour vous. J'ai déjà corrigé vos dictées, et…

– Euh, même moi ? demande Dylan, les yeux écarquillés.

– Oui, même toi, répond le maître en lui rendant sa feuille.

– Mon premier A de toute ma vie ! Waouh !

Je me penche vers Dylan et je lui demande :

– Euh, psst, tu peux me montrer ta feuille ?

Je m'exclame :
– Mais c'est bourré de fautes !
– Allons, allons, intervient monsieur Boulala, votre camarade a fait beaucoup d'efforts. C'est déjà difficile d'écrire, et il a réussi à tenir son stylo jusqu'au bout. Moi, je dis bravo ! On l'applaudit très fort.
Là, toute la classe se met à applaudir, je ne sais pas pourquoi.

Tout le monde… sauf Gilberte. Gilberte, c'est la plus populaire, mais c'est aussi la meilleure de la classe. Et de loin. Elle a tout le temps des A. Des vrais A.

Et ça, Gilberte ne le supporte pas. Elle crie :
– Non, non, non ! Ce n'est pas normal ! Dylan ne peut pas avoir un A avec toutes ces fautes ! Il est trop nul, il devrait avoir, je sais pas, un Z !
Avoir des Z, c'est sûr, ça lui arrive souvent.

Monsieur Boulala regarde Gilberte avec un peu de tristesse.
– Mais enfin, Gilberte, dit-il, ton camarade a fait des efforts énormes, et…
– Non, non, non ! Moi, je travaille tout le temps pour avoir des A ! Tout le temps !

GNNN

Gilberte hurle :

– Je vais en parler à mes parents !

Puis elle fond en larmes. Et quand la fille la plus populaire de la classe se met à pleurer, je vous assure que TOUT LE MONDE veut la consoler. D'ailleurs, à la récréation, TOUT LE MONDE fait la queue pour aller lui remonter le moral.

Moi, je sais pourquoi ils font ça : pour les remercier, Gilberte leur donne à tous un paquet de bonbons ! Bah, c'est fastoche pour elle : son père, c'est le directeur de La boîte à sucre, juste à la sortie de la ville.

Et attention, La boîte à sucre, ce n'est pas un petit magasin de rien du tout. C'est une usine gigantesque. On dirait la maison de la sorcière, dans Hansel et Gretel, celle avec des fenêtres en sucre d'orge et des portes en pâte d'amande.
En tout cas, Gilberte, elle donne des bonbons tout le temps, et c'est pour ça qu'elle est populaire. Pffff. C'est pas à moi que ça arriverait ! Qu'est-ce que vous voulez que je leur donne, à mes copains de classe ?

À la cantine, je reste avec Lucy, alors que Gilberte mange avec Kédon et ses copains. Je regarde Kédon de temps en temps, toutes les cinq minutes. Disons toutes les deux minutes, pas plus. Chaque minute, quoi. OK, sans arrêt.

C'est très difficile de manger sans jamais regarder son assiette.

En fin d'après-midi, c'est maman qui vient nous chercher à l'école. Elle nous demande :
– Ça va ? La rentrée s'est bien passée ?
– C'était trop bien ! répond Clara. Je me suis fait plein de nouvelles copines. On pourra les inviter à la maison ?
Puis elle lui montre fièrement un dessin pour papa, qu'elle a fait avec sa maîtresse, madame Mozer.
J'imagine déjà la réaction de papa.

Mais, je vois dans le regard de maman que quelque chose ne va pas.
– Ça s'est mal passé, ton casting pour le shampooing ?, je demande.
– Pfffffff. C'était pour un shampooing anti-poux. Il fallait me mettre plein de poux dans les cheveux !
À ce moment, ma mère se gratte les cheveux dans tous les sens en grimaçant. Je m'écrie :
– Oh non ! Ne nous dis pas que tu as accepté de faire cette pub ?!
– Mais il y aura des affiches dans toute la ville !
Oh, là, là, c'est vraiment n'importe quoi ! Clara et moi, on recule d'un mètre.
– Et on te verra quand, sur tous les murs ? je demande.
– En fait, ajoute-t-elle avec un sourire triste, ils hésitent entre moi et quelqu'un d'autre. Ils choisiront demain. En attendant, ne restez pas trop près de moi, d'accord ?
Maman se gratte encore comme une folle.
Bon, s'il y a un rôle avec des poux au cinéma, maman pourra toujours essayer de le décrocher.

Avant de rentrer à la maison, nous passons à la pharmacie pour acheter du « Protect' Poux Force 10 ». Mais pas la pharmacie de papa : nous allons chez monsieur Gnou. C'est-à-dire la pharmacie où papa nous a fait promettre de ne jamais, JAMAIS mettre les pieds. Monsieur Gnou est son concurrent. Je crois que papa n'a jamais détesté personne plus que monsieur Gnou.

C'est pour cela que maman nous demande dix fois :
– Vous promettez de ne rien dire à votre père ? Je ne veux pas qu'il sache ce qui m'est arrivé, d'accord ?

À la maison, Clara et moi nous installons à la table du salon pour faire nos devoirs. Notre chambre est trop petite pour y mettre un bureau. Oui, nous avons la même chambre, avec deux lits l'un à côté de l'autre. Clara rêve d'un lit superposé. Mais papa dit que c'est trop dangereux et qu'elle risquerait de tomber.

Je fais mes exercices de maths à côté de ma sœur. J'en ai plein, c'est nul. Clara, elle, a juste un exercice ridicule. Il faut juste dessiner une maison.

Quand nos devoirs sont terminés, on commence une partie de Super Dance Bouge Max sur la console vidéo du salon.
J'adore ce jeu ! On danse sur une chanson, et on doit faire les mêmes gestes que ceux qui apparaissent sur l'écran de la télé. Pour une fois, je suis contente que Clara m'imite !

Papa rentre à la maison un peu après dix-neuf heures.
Notre pauvre père a maintenant une grosse bosse sur la tête, à cause de la raquette de jokari. Tout en se frottant le crâne, il nous demande :
– Alors, les filles, la rentrée s'est bien passée ?
Je réponds :
– Ça va. Moi, j'ai un A en dictée, Clara a un dessin pour toi, et maman a des poux.
Mon père pousse un énorme hurlement d'horreur.

Je dis à Clara :
– Tu vois, j'étais sûre qu'il n'aimerait pas ton dessin.

Maman aussi pousse un cri :
– Vous aviez promis de ne rien dire !
C'est vrai, je n'ai pas pu m'en empêcher ! En même temps, avec son carton sur la tête, papa allait forcément se douter de quelque chose.
– Oh là, oh là, c'est quoi cette histoire de poux ? demande-t-il.
Papa est à moitié chauve. Mais à lire son effroi dans ses yeux, on dirait qu'il a autant de cheveux que Raiponce.

2

Le lendemain matin, maman nous prépare notre petit-déjeuner. Elle n'a presque pas dormi. On a l'impression que les poux font le même bruit que nous, c'est affreux.

Papa arrive à son tour dans la cuisine. Il s'est lavé trois fois le crâne avec du « Protect' Poux ». Il porte aussi un masque et des gants de protection. On dirait un chirurgien avant une opération.

Dès qu'on s'est lavé les dents, il nous lance :

– Allez, en route. Romane, tu as bien pris tes affaires de piscine ?

– Oui, p'pa !

Aujourd'hui je vais à la piscine. J'adore ça. L'année dernière, j'étais dans le groupe des « canards », et si je nage bien, je pourrai peut-être devenir « dauphin ».

Sur le chemin de l'école, mon père nous répète plusieurs fois :

– À gauche, à droite, en haut. C'est très important de regarder en haut.

Je bougonne :

– Mais oui, on sait.

– Il faut toujours regarder partout, sinon vous…

Mon père dit brusquement : « Aaaah ! », puis on entend : « Boum ! » Clara et moi, on s'écrie :
– Ça va, papa ?

Il est allongé par terre. Il a glissé sur une bille, qui a roulé jusqu'à ma chaussure. Je regarde la bille quelques instants avant de la mettre dans ma poche.
– Oui, oui, ça… ça va, répond mon père en se levant péniblement. Ouille.
Pauvre papa. Il se frotte l'arrière du crâne : une deuxième bosse commence déjà à pousser. Maintenant, il regarde tout le temps par terre, et il marche encore plus lentement. C'est vrai qu'avec ses deux bosses, on dirait un peu un escargot…

Nous mettons presque vingt minutes pour arriver à l'école. Sur le portail d'entrée, une affiche a été posée :

« **Attention, les poux sont de retour.** »

Je dis :

– Au moins, maman n'est pas la seule à en avoir attrapé.

Papa nous embrasse, puis il s'en va en courant. Clara rejoint ses copines de CE1. Moi, je vais retrouver Lucy, qui lit sur un banc en m'attendant.

Monsieur Boulala regroupe tout le monde devant le bus qui va nous conduire à la piscine. Enfin, pas tout le monde. Car je remarque qu'Héloïse n'est pas là. Héloïse, c'est la gardienne de but des CM1. Elle est fan de foot. Sa mère est l'entraîneur du club de notre ville, Grouseille-sur-Brie.

– Tiens, dis-je, Héloïse est absente ?

– Ouais, me répond quelqu'un dans mon dos. C'est elle qui a attrapé des poux. C'est à cause de sa mère : elle a voulu tourner une pub pour une sorte de shampooing. Apparemment, Héloïse arrête plus facilement les ballons que les poux.

Je me retourne, même si je sais à qui appartient cette voix : c'est celle de Kédon. Je ne sais pas si je vous l'ai dit, mais Kédon est le plus beau garçon de la classe, et même de toute l'école, et à peu près de la galaxie entière

Et là, juste en ce moment, Kédon me parle à moi.
À MOI.
Je crois que je vais fondre…
Non, stop, STOP! Il faut que j'arrête de me mettre dans cet état, comme n'importe quelle groupie de la classe! Tout ça parce que, lorsque je vois Kédon, j'ai quelques minuscules réactions par-ci par-là.

Et puis, franchement, il n'y a aucune raison que Kédon ait autant de succès. Aucune !
Je veux dire, sous ses cheveux blonds comme du miel parfumé, sous ses yeux bleus pareils à un ciel d'été, entre ses dents parfaites qui dessinent un sourire à faire craquer la banquise, il y a une voix qui sort, et franchement, sa voix, elle est très ordinaire. Très, très ordinaire.

Je réponds :
– Ah bon ? Une pub pour un shampooing ? Ah, ah, ah, quelle idée !
Kédon continue :
– Dis donc, j'ai aperçu ton père, tout à l'heure. Pour-

quoi il avait un masque et des gants en caoutchouc ?

– Euh… Eh bien…

Je reste muette. Je ne peux quand même pas lui dire que mon père est terrorisé par les poux…

Et tout à coup, je réplique :

– Parce que mon père est chirurgien ! Là, il allait vite à la clinique pour opérer des malades, en faisant des opérations super difficiles, des trucs de fou. Il a sauvé des milliers de gens !

Bon, en vrai, vous le savez, mon père est pharmacien.

Aussitôt, je me mords la lèvre. Dans une petite ville comme Grouseille-sur-Brie, Kédon est sûrement au courant. Mais non, il a juste l'air impressionné, il fait :

– Ah ouais ?

Hum, je ne suis pas sûre qu'il soit impressionné. Surtout lorsqu'il ajoute :

– Moi aussi, mon père est chirurgien. Mais à la clinique vétérinaire. Il opère des animaux. Une fois, il a même opéré un lion, pour un cirque.

– Waouh ! Ça devait être dangereux.
– Carrément.

La voix de monsieur Boulala nous interrompt :
– Les enfants, montez dans le bus et vérifiez bien que vous avez tous pris vos sacs.
Je regarde Kédon monter dans le bus. Il va s'asseoir au fond, à côté de Gilberte et d'autres copains de classe. Je n'arrive pas à décoller mon regard de ses cheveux couleur miel qu'on aperçoit à travers la vitre. Je crois que je commence à aimer le miel.

Lucy me regarde en écarquillant les yeux, et elle dit :

– Oh que si !

Je réponds en grognant :

– Pfff. Je regarde juste Kédon parce qu'il m'a parlé, c'est tout. Ça ne prouve pas que je suis amoureuse de lui.

– Je suis sûre que si, répond Lucy malicieusement. Sûre, sûre et archisûre.

– Alors là, tu paries !

Voilà, j'aurais dû me taire. Mais c'est sorti tout seul. Un mauvais réflexe. Dans la seconde qui suit, Lucy a le regard qui pétille. Elle bondit sur place puis elle crie :

– Pari tenu ! Je vais te montrer que t'es trop amoureuse de lui !

Qu'est-ce qui m'a pris de lui dire ça ?

Comme je suis toujours un peu malade en bus, je vais m'asseoir devant, pas loin du chauffeur et de monsieur Boulala. Évidemment, Lucy vient à côté de moi. Je remarque qu'elle a un carnet et un stylo à la main, comme une inspectrice de police. À chaque fois que je tourne la tête d'un quart de millimètre, elle glousse dans mon oreille :

– Toi, tu veux regarder Kédon ! Tu vois que t'es amoureuse.

– Mais non. Je regarde dehors.

– Dehors ?

– Oui, dehors. C'est beau, dehors.

En tout cas, j'ai compris comment faire pour que Lucy me laisse tranquille : je ne dois plus jamais regarder Kédon de toute ma vie. Plus jamais. Je dois arrêter de contempler ses cheveux couleur de miel et son sourire de banquise. Quel enfer !

Dans le hall de la piscine, tout le monde s'agglutine devant le distributeur de bonbons. C'est encore un de ces maudits appareils du père de Gilberte. D'ailleurs, celle-ci annonce aussitôt :
– Mon père m'a donné le code de ce distributeur. Tout à l'heure, il y aura des bonbons gratuits pour tout le monde. Enfin, pour mes amis.
Un hurlement de joie retentit. Même Kédon a un sourire plein de gourmandise… Qu'est-ce qu'elle m'énerve, Gilberte !
Nous rejoignons les vestiaires, les garçons d'un côté, les filles de l'autre. En ouvrant mon sac de piscine, je pousse un cri. C'est pas possible ! Papa a remplacé mon maillot par une espèce d'horrible truc sur lequel est écrit :

Avec un sourire moqueur, Gilberte me demande :
– Et quand t'étais bébé, t'avais aussi des couches Lux ?
– Gna, gna, gna. N'importe quoi !
Bon, en fait, elle n'a pas complètement tort.

Les garçons nous rejoignent près du bassin. Par chance, à peu près personne ne se moque de mon maillot de bain. J'ai l'impression que Kédon pâlit légèrement lorsqu'il l'aperçoit, mais c'est sans doute un effet de mon imagination. D'ailleurs, c'est plutôt lui qui est un peu ridicule : il a noué son maillot très haut, pratiquement au niveau du nombril.

Mais c’est toujours moins clow-
nesque que le slip de notre
maître.

Une voix résonne alors :

– Enfilez des brassards et attrapez une planche. Plus vite que ça !

Monsieur Mozer arrive au bord de la cuisine. C'est le mari de madame Mozer, la maîtresse de Clara. Surtout, c'est le maître-nageur. Enfin, lui il dit qu'il est maître-nageur, mais moi je n'en suis pas certaine. Un jour, il nous a demandé :

– Si quelqu'un réussit à nager d'un bout à l'autre de la piscine, où est-ce qu'il doit aller après ?

– Euh, prendre une douche ?

– Non, il doit venir m'apprendre comment on fait.

Monsieur Mozer approche de nous, et de sa voix nasillarde, il nous dit :
– Bon. L'année dernière, vous étiez divisés en trois groupes de niveau : les nuls, les moyens et les bons.
– Bouh, là, là, non, non, ne dites pas ça ! intervient monsieur Boulala. Personne n'est nul, personne ! Il y a les têtards, les canards et les dauphins. D'ailleurs, si on pouvait changer de nom, ce serait bien. Je propose : les poneys, les licornes et les elfes. Comme dans un conte de fées.
Ça y est, monsieur Boulala recommence son délire.

– Allez, tous dans la piscine ! crie le maître-nageur. Les cinq derniers à être dans l'eau seront automatiquement chez les nuls. Et je vous promets que les nuls, je vais les faire travailler dix fois plus !

Il y a un grand cri, puis tout le monde saute dans l'eau. On bondit en même temps, il faudrait presque une photo pour nous départager !

La voix de monsieur Mozer tonne comme un orage :

– Ah ! J'ai déjà mes cinq nuls !

Il montre du doigt les deux jumelles Roquenrolle, qui fondent aussitôt en larmes. Il y a aussi Nicolo, un copain qui a peur de l'eau. Lui, il ne pleure pas. Je crois qu'il a tellement peur de l'eau, que même les larmes lui fichent une trouille pas possible. Deux autres copains les accompagnent. Tous les cinq vont s'asseoir sur un banc.

Monsieur Mozer dit :
– Booooon. Maintenant, vous allez nager jusqu'à l'autre bord de la piscine, faire demi-tour et revenir ici. Les dix premiers iront dans le groupe des champions, ceux qui ne sont pas des gros nuls, archinuls. Préparez-vous, on démarre dans cinq, quatre, trois…
Juste avant que monsieur Mozer dise « Top ! », Lucy se tourne vers moi et elle me lance dans un sourire :
– Je te parie que je vais exploser le chronomètre !
Je m'exclame :
– Lucy, non !
Trop tard. Dès que le maître-nageur donne le signal du départ, elle bondit comme une fusée. Parce que quand Lucy nage, elle va à une vitesse folle. Elle fait de la natation dans le club de la ville depuis qu'elle a six ans. Déjà, quand elle était petite, elle faisait la course dans son bain.

Moi, j'essaie d'avancer le plus rapidement possible. C'est dur ! Et lorsque je finis mon aller-retour, Lucy est déjà arrivée depuis deux minutes. Elle me lance, toute joyeuse :

Je lui réponds en grimaçant :
– Ah ben super. T'es allée trop vite ! Tu sais bien que je ne nage pas aussi bien que toi. Et maintenant, on ne sera pas dans le même groupe !
– Oh, zut, répond-elle en se mordant les lèvres. Je n'y avais pas pensé.
Lucy, elle est comme ça. Parfois, elle ne pense pas.

Évidemment, je ne suis pas dans les dix premiers. Sur le bord de la piscine, monsieur Mozer, lui, est hyper content.

– Bien, j'ai mes dix super nageurs. Allez vous asseoir sur un banc. Et pour départager ceux qui restent, il va y avoir une dernière épreuve.

Je soupire en regardant Lucy qui s'éloigne. Monsieur Mozer tient un lourd mannequin en plastique. Il nous explique :

– Je vais jeter ce mannequin dans l'eau. À vous d'aller le chercher. Si vous n'y arrivez pas, vous irez dans le groupe des méga-nuls avec les cinq zigotos là-bas.

Le maître-nageur lance le bonhomme. Aussitôt, on entend un grand cri :

NOOOOOOOON!

C'est monsieur Boulala.

– Pourquoi est-ce qu'il plonge ? dit Kédon d'un air inquiet. Il ne sait pas nager.
Le mannequin s'enfonce dans l'eau. Monsieur Boulala disparaît à son tour. Des bulles remontent à la surface, puis plus rien. Les yeux écarquillés, on se tourne tous vers monsieur Mozer, qui demande :
– Euh, pourquoi vous me regardez comme ça ?
Je m'écrie :
– Mais enfin, allez-y ! Notre maître est en danger !
– Quoi ? Pourquoi moi ?
– Parce que vous êtes le maître-nageur !
Et là, monsieur Mozer se met à pleurer à chaudes larmes :
– Je ne sais pas nager !

Je m'exclame :
– Vite, il faut qu'on aille chercher monsieur Boulala !
Je prends une grande inspiration, puis je plonge, suivie par toute la classe, même Nicolo et les sœurs Roquenrolle. Au fond de la piscine, j'aperçois notre maître, qui s'accroche au mannequin de toutes ses forces.

Petit à petit, nous arrivons à le remonter jusqu'à la surface. C'était moins une, j'avais du mal à retenir ma respiration !
Monsieur Mozer nous aide à soulever notre maître jusqu'au rebord. Assis sur le carrelage, monsieur Boulala continue de serrer très fort le mannequin :
– Bouh, là, là, le méchant maître-nageur, il a voulu te jeter dans l'eau. Mais moi, je suis là et je vais prendre

soin de toi, d'accord ? Tu vas voir, j'ai un copain, Monsieur Squelette. Vous allez très bien vous entendre tous les deux, j'en suis sûr !

Lucy et moi, on se regarde, consternées.

C'est alors que Kédon vient vers moi. Tout en tenant son maillot de bain, il me dit :

Quand Kédon s'est éloigné, Lucy me glisse à l'oreille :

– T'es plus rouge qu'un garde de Buckingham Palace. Je savais que t'étais amoureuse ! J'ai gagné mon pari !

Je réponds en bégayant :

– Bah, non. C’est lui qui est venu me parler, pas moi. Ça ne veut pas dire que je suis amoureuse de lui !
Et dans ma tête, je pense :
– Mais ça signifie peut-être que lui est amoureux de moi…

– Dans ce cas, ajoute Lucy, pourquoi t’as rougi ?
– Euh… Eh bien, parce qu’il m’a fait un compliment. À chaque fois qu’on me fait un compliment, je suis toute rouge. C’est comme ça.
D’autres copains et copines de classe viennent me féliciter. Ça me fait bizarre, c’est la première fois qu’autant de personnes s’intéressent à moi ! D’habitude, c’est plutôt l’inverse…

Je remarque alors que Gilberte me jette un regard noir. Je comprends vite pourquoi : ça ne doit pas arriver tous les jours qu'on soit plus populaire qu'elle, même pendant quelques secondes. Elle a les yeux pleins de colère.

D'une voix hésitante, monsieur Mozer dit :

– Bon, c'est la fin de la séance. Aujourd'hui, vous êtes un peu tous des champions.

Après s'être rhabillés, on se retrouve dans le hall du bâtiment. Gilberte distribue des bonbons à tout le monde, sauf à moi. Puis nous remontons dans le car. Lucy me donne la moitié de son ours au cola en me disant :

– Laisse tomber, Gilberte, elle est comme ça.

N'empêche que je n'ai pas aimé son regard méchant. Je crains le pire pour la suite…

Avant de quitter la piscine, nous avons essayé de raisonner monsieur Boulala, mais rien à faire : il n'a pas voulu repartir sans le mannequin en plastique. Il lui a même donné un nom : Monsieur Bouée. On n'a pas osé lui dire que c'était un peu nul, comme nom. Dans la classe, il l'a installé à côté de Monsieur Squelette.

En fin d'après-midi, maman vient nous chercher, Clara et moi. Elle a le visage triste : je devine aussitôt pourquoi.

– Tu n'as pas eu le rôle pour la pub, c'est ça ?

– Non, répond-elle. Les poux n'aimaient pas assez mes cheveux. Ils ne voulaient pas s'y accrocher.

Clara et moi, on se regarde : c'est la première fois qu'on entend ça. Je me demande comment font les poux pour choisir leurs cheveux.

Maman continue :

– Le rôle a été attribué à l'autre candidat. Je crois que c'est le père ou la mère d'un de tes copains de classe.

Je confirme :
– Oui, c'est la maman d'Héloïse. Héloïse n'est pas venue à l'école aujourd'hui, parce qu'elle a attrapé des poux.
Maman a alors un visage désespéré, un peu comme sur un tableau que j'avais vu un jour, dans un musée.

Qu'est-ce qui lui prend ? Je n'en ai pas la moindre idée. Mais ce n'est pas le moment de lui poser la question… Au bout de quelques minutes, je l'entends seulement murmurer :

– C’est ma faute, je n’aurais jamais dû accepter un casting aussi débile.

Nous passons alors devant une affiche de pub. Maman la regarde avec des yeux qui brillent.

– Par contre, dit-elle, je suis sûre que je pourrais avoir le rôle pour…

Le soir, je me dis que ça ne peut pas continuer comme ça : il faut que je trouve une solution. Dans le tiroir de mon bureau, je prends un grand cahier. Puis j'attrape mon stylo, des ciseaux, de la colle…
Attaquons les problèmes urgents.

QUI Kédon et Lucy.
PROBLÈME Je n'arrête pas de penser à Kédon. Ce n'est pas ma faute s'il est tellement craquant ! Mais si je le regarde, Lucy me rend la vie impossible… Et ça, c'est juste INSUPPORTABLE.

MA SOLUTION Oublier Kédon, ses yeux de miel et son sourire de banquise… Même s'il est peut-être amoureux de moi en secret !

ESPOIR DE RÉUSSITE ESTIMÉ 0,0001 %
Je ne pourrai jamais arrêter de penser à Kédon !

QUI Gilberte

PROBLÈME Elle est trop populaire. Franchement, c'est MOI qui devrais être celle qu'on admire dans l'école ! Qu'est-ce qu'elle a de plus que moi, hein ? Oui, je sais, son père est le directeur de La Boîte à sucre… Grrr.

MA SOLUTION Faire comme elle, distribuer des bonbons à tout le monde ! Oui, ça c'est une idée extra.

ESPOIR DE RÉUSSITE ESTIMÉ 17 % pour l'instant, mais 78 % en hiver, quand tout le monde sera enrhumé et malade. Vivement qu'il fasse froid et moche !

QUI Maman.

PROBLÈME Y en a marre de ses castings ! Elle ne pense qu'à ça. J'aimerais bien qu'elle s'occupe un peu plus de moi… Pourquoi c'est toujours ma sœur la préférée ?!

MA SOLUTION Si je suis super gentille avec maman, elle fera davantage attention à moi, j'en suis sûre !

ESPOIR DE RÉUSSITE ESTIMÉ 37 %. Mouais, c'est pas gagné.

QUI Monsieur Boulala.
PROBLÈME Il pète complètement les plombs. Il veut vivre dans un monde tout rose, c'est horriiiiible.
MA SOLUTION Là, ça va être très compliqué. Je crois que ma seule chance, c'est d'entrer dans son délire. Au moins, il me laissera tranquille…

ESPOIR DE RÉUSSITE ESTIMÉ 24 %.

Bon, eh bien je crois que voilà un plan de bataille parfaitement organisé. Je m'impressionne moi-même… Eh, peut-être que Kédon serait impressionné aussi, ah, ah. Zut, je pense encore à lui !
Je referme mon cahier, toute fière. J'ai l'impression qu'une nouvelle vie commence pour moi. Adieu, Romane 1, bienvenue à Romane 2 !

3

Le lendemain, c'est mercredi. Clara et moi, nous n'avons pas école, alors maman nous garde. Elle passe toute la matinée à chercher des castings sur Internet.

L'après-midi, elle nous emmène à nos activités. Clara fait de la boxe. En vrai, ma sœur a horreur de ça. C'est juste qu'un jour, je lui ai fait croire que j'adorais ce sport.
Comme Clara veut toujours m'imiter, elle est aussitôt allée voir maman.

Évidemment, elle s'est effondrée quand elle a appris qu'en fait, j'étais inscrite en arts plastiques ! Ah, ah, ah, j'en ris encore.

En début de soirée, nous entendons un cri. Il provient de l'atelier du sous-sol, où d'habitude papa s'amuse à faire des expériences de chimie. Quand il sort de son atelier, mon père est tout blanc. Clara et moi, on lui demande :
– Ça va ?
– Euh… Vous vous souvenez, quand je vous avais dit vouloir inventer la crème protectrice ultime, qui protège de tous les coups, même des coups de marteau ?
– Oui…
C'est vrai, il nous en a parlé, plein de fois. C'est même devenu son obsession, ces derniers temps. Je crois qu'il meurt d'envie de devenir célèbre. Ou alors c'est pour une autre raison.

– Eh bien, ça ne marche pas. En tout cas, pas contre les coups de marteau, dit papa sur un ton dépité.
Il nous montre sa main gauche bandée, tandis qu'il tient un marteau dans la droite. Puis il ajoute :
– Mais j'y arriverai. Un jour, j'y arriverai !

Le jeudi matin, quand j'arrive dans la cour, la voix de Kédon me fait tourner la tête :
– Salut Romane ! Dis donc, ton père s'est blessé pendant une opération ? J'ai vu qu'il avait un énorme bandage à la main, quand il t'a emmenée à l'école.
– Ah, ça ? Euh…
Une fois encore, je ne peux pas lui raconter la vérité.

Non, je dois impressionner Kédon ! Alors, je réponds :
– Oui. Il s'est blessé avec un scalpel dans le noir, parce qu'il n'y avait plus d'électricité à l'hôpital. Mais il a quand même réussi à sauver la personne malade.

– Waouh, répond Kédon, c'est vraiment un héros, ton père. Il mériterait une médaille. Le mien en avait reçu une, quand il avait sauvé le crocodile du zoo.

Kédon me salue et rejoint sa bande de copains. Une fois de plus, je rougis. Je vais retrouver Lucy, qui me demande aussitôt :

– Kédon t'a encore fait un compliment ? C'est pour ça que t'es rouge ?

– Euh… oui, oui, c'est ça. Il m'a dit que j'avais un joli pull.

Lucy éclate de rire.

– Un joli pull ? Tu as vu ce qu'il y a derrière ?

– Hein ? Oh non ! Heureusement que Kédon ne l'a pas vu !

Lucy arrache l'autocollant. Et moi, il va peut-être falloir que j'arrête de raconter tous ces bobards, ça va finir par me jouer un mauvais tour…

La sonnerie retentit.

Monsieur Boulala sort de la classe et nous appelle pour qu'on se mette en rang. Je chuchote à l'oreille de Lucy :

C'est vrai que c'est un peu mon défaut.

Quelques secondes plus tard, je pousse un cri :

– C'est quoi cette horreur ?!

On dirait qu'une tempête s'est abattue sur la classe. Les tables sont empilées les unes sur les autres, elles ont été clouées et solidement attachées à l'aide de cordes. Monsieur Boulala dit alors d'une voix guillerette :

– Ces derniers jours, j'ai été très gentil avec vous. Mais je crois que vous méritez encore plus de bonté. Alors… bienvenue dans un monde de paix cosmique.

Héloïse, qui est revenue à l'école, demande :
– Ça ressemble à ça, la paix cosmique ?
– Attendez, ça veut dire quoi, « paix cosmique » ? demande Gilberte, qui a du mal à cacher son irritation.
– Eh bien, explique monsieur Boulala d'une voix chantante, j'ai disposé cette classe pour que l'énergie circule au mieux. Car vous ne le savez pas, mais chaque objet ici diffuse sa force cosmique. Même Monsieur Squelette et Monsieur Bouée font passer de la bonne énergie.
Et les vents qui passent entre les tables nous apportent de la joie et de l'enthousiasme.
– Mes vents aussi ? demande Dylan.

Dans la classe, il y a plein de cris de protestation. Moi, cette disposition pleine d'énergie, je me dis d'abord que c'est une bonne idée.

Mais je perds vite mon sourire lorsque monsieur Boulala me lance :
– Romane, tu vas en haut. Toi aussi, Dylan. Votre énergie cosmique sera beaucoup plus utile près du plafond.
Il cite d'autres prénoms. Lucy, Gilberte ou Kédon restent en bas. Les chanceux ! Je bafouille :
– Mais… comment vous l'avez calculée, mon énergie cosmique ?
Monsieur Boulala me répond :
– En additionnant tes mauvaises notes de l'année dernière. Dylan aurait dû être accroché au plafond, tellement il était nul. Mais comme maintenant, il n'a plus que des A, il a le droit d'avoir une table, ajoute le maître avec un sourire cosmiquc.
J'entends le ricanement de Gilberte.
– Ne t'inquiète pas, me dit mon maître, j'ai passé toute la nuit à tout clouer, tu peux me faire confiance.
Lentement, je monte jusqu'en haut, avant de m'asseoir sur la table. Oh, là, là, j'ai le vertige !
Dylan me rejoint quelques secondes plus tard : il en profite pour se recroqueviller et s'endormir. Je n'ose pas regarder vers le bas, comme si j'étais au sommet d'une montagne. Quelle horreur !

Au bout de quelques minutes, monsieur Boulala demande :
– Tout le monde est installé ? Bien, nous allons commencer la leçon.
Je pose mon cahier sur mes genoux. C’est n’importe quoi !

À l’heure de la récréation, je rejoins Lucy près de la porte :
– J’ai le vertige, c’est horrible. Ce n’est pas possible, ça peut pas continuer comme ça. Il faut qu’on en parle à quelqu’un.

– Mais à qui ? Tu sais bien que le directeur n'est jamais là…

– Il y a bien quelqu'un qui va trouver ça complètement débile !

J'aperçois soudain madame Bardot, la dame qui s'occupe du ménage. Elle jette un coup d'œil vers la classe et s'exclame :

– Ça alors, monsieur Boulmerka a mis de la paix cosmique dans toute la pièce, c'est merveilleux. Quel génie !

Elle repart avec son plumeau et sa serpillière. J'ai du mal à en croire mes oreilles.

– T'inquiète pas, me rassure Lucy. Tu sais que madame Bardot est un peu spéciale.

La journée se déroule normalement – si on peut dire que ce que je vis est « normal » ! Le soir, maman vient nous chercher à l'école. Mais elle est encore très déprimée, et je n'ose toujours pas lui parler de ce qui se passe à l'école. Quant à papa, il s'enferme dans son atelier dès qu'il rentre à la maison, en marmonnant :
– J'y arriverai. Un jour, j'y arriverai.

Le lendemain, lorsque j'entre dans la classe, tout est exactement pareil. Monsieur Boulala a même affiché au mur des photos de planètes et de galaxie, sans doute pour renforcer le côté « cosmique ».
Je m'attends même à ce qu'il nous annonce :

Soudain, Gilberte me chuchote à l'oreille :
– Tu vas me le payer.
– Quoi ?
Gilberte ne dit rien de plus et va s'asseoir. Mais à peine me suis-je installée à ma table, en haut, que je l'entends dire à notre maître :
– Monsieur, j'ai eu une idée. Pour qu'il y ait encore plus de paix cosmique, j'ai apporté un petit appareil.
Gilberte tient en effet un minuscule boîtier. Elle appuie sur un bouton, et aussitôt, on entend : « Wooooouuuuh ».
– C'est le bruit du vent, explique Gilberte.
Puis elle jette un coup d'œil féroce vers moi. Ah, la peste ! C'est donc ça, sa vengeance, parce que j'ai été « populaire » pendant dix minutes mardi ? Maintenant, avec ce bruit, j'ai l'impression d'être dans un avion déglingué. Quelle horreur !

Monsieur Boulala, lui, a l'air ravi.
– Excellente idée, s'exclame-t-il. Mets-le plus fort, qu'un vent cosmique diffuse toute son énergie dans la classe !
C'est ainsi que toute la matinée, il me semble que je vole au milieu des turbulences. Mais pas seulement. Car sur l'appareil de Gilberte, il y a PLEIN de boutons : « bruits de la mer », « bruits d'oiseaux », « bruit de ruisseau qui coule »…

À la cantine, Lucy essaie de me remonter le moral.

En fin d'après-midi, je suis à deux doigts d'exploser. Quand, enfin, maman vient nous chercher, je suis décidée à lui dire ce qui se passe à l'école. Mais dès qu'elle nous voit, elle s'exclame :

– Oh, les filles, il faut que je vous dise aussi : il y a une surprise à la maison !

Une surprise ? Clara a l'air contente, mais moi je pense : aïe, aïe, aïe ! Oui, je sais, Lucy me dit d'arrêter d'imaginer le pire. Mais ce n'est quand même pas ma faute si c'est TOUJOURS le pire qui arrive !

Lorsque nous arrivons devant la maison, mon père ouvre la porte d'entrée, et il court vers nous en sautillant.

Je m'étonne :

– Papa, qu'est-ce que tu fais là ?

– J'ai fermé la pharmacie plus tôt, répond mon père. Car on a une surprise pour vous.

Je remarque que mon père porte un tee-shirt avec une planète dessinée dessus. Et ça, c'est bizarre. Car je peux vous assurer que mon père, des planètes, des galaxies et du système solaire, d'habitude il n'en a rien à faire, mais alors rien du tout.

Mon père continue, avec un immense sourire sur le visage :
– Regardez qui est là !
Je n'en crois pas mes yeux. Non, non, NOOOOON !

Clara, elle, fait la grimace. Elle a compris que pour une surprise, ça serait très, très nul.
– C'est qui ? me demande-t-elle à voix basse.
– Mon maître de CM1. Son meilleur ami, c'est un squelette. Il aime bien prendre des bains avec lui.

Mon père dit :
– Monsieur Boulmerka est passé tout à l'heure à la pharmacie, pour acheter du Fluobryxil. Et il s'est mis à me parler d'un truc extraordinaire !
– Le Fluobryxil, c'est bon pour faire briller les os de Monsieur Squelette, explique mon maître. Et Monsieur Bouée aime bien aussi, ça lui redonne le sourire.

Maman poursuit :
– Venez voir, on a tout changé à l'intérieur. Maintenant, la maison est maxi-cosmique, on est bourrés d'énergie, c'est merveilleux.
Je veux m'enfuir. Le plus loin possible. C'est HORRIBLE ce qui m'arrive.

Nous entrons dans la maison. Et je sursaute en découvrant le salon.

Je m'écrie :

– Mais c'est DANGEREUX !

Ça, avec mon père, c'est le mot magique. Dès qu'on dit que quelque chose est « dangereux », en général il s'enfuit, ou il court se cacher sous la table. Mais là, non. Il répond :

– Ce n'est pas dangereux. C'est cosmique. En haut des fauteuils, on ressent la douceur de l'univers.

– Une douceur énergisante, complète maman.

– Venez, dit papa, on va s'installer là-haut.

Et mon père commence à grimper ! D'habitude, dès qu'il risque de perdre l'équilibre, il est terrifié.

À son tour, maman nous lance :

– Clara, Romane, asseyez-vous avec nous. Vous voulez un jus de fruits ?

Et voilà comment on se retrouve tout là-haut, à siroter un verre de jus d'orange, pendant que mes parents et monsieur Boulala boivent tranquillement leur café.

Au bout d'un moment, je finis par demander :
– On peut aller dans notre chambre ?
– D'accord, répond maman. Mais faites attention en prenant l'escalier. On a dû l'énergiser.

Quand on ouvre la porte de la chambre, Clara pousse un cri de joie.

Je grimace : non seulement ma sœur m'éneeeerve tout le temps, mais maintenant, il va falloir que je dorme avec elle au-dessus de moi ?

À ce moment, j'en ai la certitude : il faut que ça change, VRAIMENT. Mais je ne pourrai y arriver toute seule.

Et là, je n'ai pas le choix.

Je dis à Clara :

– Ça ne peut pas continuer ainsi. J'aurai peut-être besoin de toi. Tu pourras m'aider ? S'il te plaît ? Sœurette adorée ?
Clara me regarde, puis elle me répond sur un ton roublard :
– OK, si on garde le lit superposé.
– Quoi ?!
– Ça fait tellement longtemps que j'en rêve. Et je dors en haut !
Je soupire et réponds :
– D'accord…
Clara me demande :
– T'as une idée ?
Je souris.
– Je crois bien que oui…

J'attrape mon grand cahier, et je barre ce que j'avais écrit sous la page de monsieur Boulala. À la place, j'écris :

MA SOLUTION J'ai une idée, et elle est diabolique.

ESPOIR DE RÉUSSITE 1 000 % ! Minimum !

4

Le lendemain, le petit-déjeuner cosmique me coupe complètement l'appétit.

Je suis heureuse de retrouver Lucy dans la cour de l'école.

– Ouh là, t'as une sale tête, me lance-t-elle.

– M'en parle pas ! À cause de monsieur Boulala, mes parents ont tout chamboulé à la maison.

Lucy grimace :

– Figure-toi que j'ai croisé le maître ce matin. Il m'a dit :

Je réponds :
– Ah ouais, c'est de plus en plus dingue.
Je dis alors à mon amie :
– Il faut qu'on fasse quelque chose. Et j'ai un plan…
– Vas-y, raconte !
Je lui explique…
– Waouh, c'est diabolique, répond mon amie (et elle a raison !). Pourvu que ça marche.
Nous courons vers la salle de classe. Le cours du matin n'a pas encore commencé. Monsieur Boulala est assis à son bureau, en train de corriger des devoirs.

Ah non, en fait.

Mon idée est simple : il faut que mon maître oublie une bonne fois pour toutes son idée de paix cosmique. Et pour ça, il faut qu'on le mette en colère. Qu'il redevienne comme avant. Tant pis s'il râlait tout le temps.

Lucy et moi, nous toquons à la porte de la classe.

– Oui ? fait monsieur Boulala d'une voix chantante.

Je me racle la gorge et je dis :
– Euh, on voulait vous dire quelque chose qui nous a… choquées.
– Choquées ?
Je prends une grande inspiration, et je montre du doigt Monsieur Bouée.

D'abord, monsieur Boulala me regarde, en fronçant les sourcils. Puis il observe Monsieur Bouée et dit :
– C'est vrai ça, ce n'est pas très gentil. Pas très gentil du tout, même.

Je me tourne vers Lucy, pendant que notre maître explique à Monsieur Bouée :
– Regarde comment on fait. Comme ça.

Monsieur Boulala commence à s'énerver :
– Hum, tu es têtu, Monsieur Bouée. Parfois, dans la vie, il faut faire comme les autres, sinon tu deviendras un affreux individu très sauvage, comme à l'époque des hommes préhistoriques. Et ça, je dis non. Non, non, et non.

Je murmure à l'oreille de mon amie :
– Je crois que ça marche...
Malheureusement, le visage tendu de monsieur Boulala s'apaise très vite. Notre maître se tourne vers nous et il nous dit, d'une voix guillerette :
– Ce sont des choses qui arrivent. Nous devons accepter ceux qui échouent. Vous avez autre chose à me dire ?
Je réponds :
– Non, non.
– Pfff, raté ! râle Lucy en sortant de la classe. Il faut qu'on trouve une autre idée.
Mon amie et moi, nous nous creusons la tête toute la journée, en vain.
Le soir, à la maison, maman continue de trouver la paix cosmique de monsieur Boulala trop chouette.
J'essaie de lui parler, mais c'est inutile.

Lorsque papa rentre de son travail, je sais qu'il n'y a qu'une seule solution : je dois le convaincre, lui. Au fond de lui, c'est le plus trouillard du monde, et je suis certaine qu'il peut le redevenir !
Soudain, j'ai une illumination : le lit superposé, il peut nous servir à quelque chose !
Je me précipite vers Clara et lui explique mon plan. Puis nous allons dans notre chambre. Enfin, nous appelons :

– PAPA ! PAAA-PAAAA !

Mon père arrive lentement, les mains dans les poches.
– Qu'est-ce qu'il y a ?
Clara s'est installée tout en haut du lit superposé. Je dis :
– Tu sais, papa, si Clara tombait, là, maintenant, elle aurait des bleus partout. Des bosses ! Des croûtes ! Ouillouillouille.

Aucune réaction de mon père. Zut. Clara ajoute :
– En plus, en haut du lit, c'est très difficile à nettoyer. Je pense que bientôt, ce sera plein de microbes, et on pourrait attraper des maladies super graves !
Papa nous sourit toujours, les mains dans les poches. Bon, eh bien, il nous reste l'argument ultime... Plus proche de la bombe atomique que de la paix cosmique... Je me racle la gorge, avant de dire :
– Et on serait tellement malade, qu'on n'aurait pas le choix : pour nous soigner, comme tu n'as pas inventé la crème protectrice ultime, il faudrait aller à la pharmacie de monsieur Gnou...
Je me bouche les oreilles : je m'attends à une explosion de rage. Mais mon père se contente de rire doucement.
– Ne vous inquiétez pas. L'énergie cosmique nous protège de tous ces problèmes. Je suis sûr qu'on pourrait accrocher une boule de bowling au plafond, qu'elle ne bougerait pas d'un centimètre ! Allez, je vous laisse, je retourne sur ma chaise, posée sur le canapé.
Il sort de la chambre... Je crois que notre cas est désespéré !

Marre de la paix cosmique !
13

Pendant le repas, j'ai envie de casser mon assiette cosmique sur la tête de mes parents.

Le soir, dans mon lit, je me tourne et me retourne, à la recherche d'une solution.

Et tout à coup, j'ai une autre idée. Une idée du tonnerre !

5

Le lundi matin, à peine arrivée à l'école, je me précipite vers Gilberte. Elle me regarde bizarrement, comme si j'avais une horrible vengeance derrière la tête.

Mais non, ce matin, j'ai besoin d'elle. Je lui dis :

– Gilberte, j'ai une idée. Pour que monsieur Boulala arrête de péter les plombs.

– Quoi ? Tu n'aimes pas travailler avec le bruit du vent ? C'est pourtant chouette, on se croirait à la montagne.

Je la regarde avec un petit sourire et je lui réponds :

– Et toi, tu aimes que Dylan ait des super notes

comme toi ? Tu n'es plus la meilleure en classe, maintenant, depuis que tout le monde a des A.
Ah, ah ! J'avais raison : tout à coup, Gilberte se met à bouillir de colère. S'il y avait encore des poux à l'école, je crois qu'on aurait trouvé une solution pour les faire fuir.

Enfin, Gilberte se calme.
– Bon, marmonne-t-elle. Alors, qu'est-ce que tu me proposes ?
Je lui explique mon nouveau plan :
– D'abord, il faut qu'on aille voir Dylan, et ensuite qu'on parle à monsieur Boulala.

Justement, Dylan vient d'arriver. Il sort de la vieille camionnette de son père, toute cabossée et rafistolée avec des gros morceaux de Scotch.

Dès qu'il franchit le portail, nous nous précipitons vers lui. Je demande :
– Dylan, pourquoi est-ce que la camionnette de ton père est abîmée comme ça ?
– Oh, c'est parce qu'il n'a pas son permis de conduire. Il dit que ça sert à rien. Hin, hin, hin.

– Ah. Et ta maman fait toujours des gâteaux pour les personnes âgées à l'hôpital ?
– Bah non, répond Dylan. Pas depuis qu'elle a provoqué une intoxication alimentaire. C'est parce qu'elle ne sait pas cuisiner. Mais bon, elle s'en fiche, ce qu'elle aime c'est mélanger des trucs au hasard. Elle trouve ça plus rigolo. Hin, hin, hin.

Puis Gilberte dit :

– Et ton frère avait aidé ta mère à cuisiner ?

– Oh non, répond Dylan avec fierté. Lui, il ne sait rien faire. Mais alors rien du tout ! C'est incroyable comme il est nul, ça fait rigoler tout le monde, c'est un peu la star de la famille.

Je fais :

– Hum, je vois…

Avant de lâcher sur un ton malicieux :

– Et toi, tu as plein de A ?

Brusquement, Dylan perd son sourire. Il ouvre de grands yeux épouvantés et s'exclame :

– Tu as raison, c'est trop la honte ! Oh, là, là, qu'est-ce que ma famille va penser de moi ?

Je regarde Dylan avec douceur, et je lui chuchote :
– T'inquiète pas, Dydy, j'ai une solution. Tu as ton dernier devoir de maths avec toi ? Celui que monsieur Boulala nous a rendu hier.
– Oui, dans mon sac.

Et nous nous dirigeons vers notre salle de classe. Monsieur Boulala est assis à son bureau, en train de tricoter un bonnet de bain.

Je toque à la porte.

– Oui ? dit monsieur Boulala d'une voix chantante.

Je réponds :

– Euh, on avait quelque chose à vous demander, monsieur.

– En fait, intervient Dylan, je ne comprends pas pourquoi j'ai eu un A à mon exercice de maths.

– C'est parce que tu fais beaucoup d'efforts, explique notre maître, et que chacun mérite d'être encouragé.
Je dis :
– Mais vous pouvez quand même relire son devoir ?
Monsieur Boulala hésite un peu, avant de répondre :
– Oui, d'accord.
Dylan lui tend la feuille. Aussitôt, notre maître demande :
– C'est... C'est quoi ça ?
– Eh bien, c'est mon devoir. Je m'en suis servi pour entourer mon sandwich beurre-merguez.
Monsieur Boulala bafouille :
– Ces taches de gras, c'est très joli... Vous... Vous êtes un artiste, Dylan, vous méritez votre A... Même si là, ajoute-t-il en montrant une multiplication, 8 x 3, ça ne fait pas 83.
– Oh, vous avez raison, monsieur, je prends ma gomme.
Puis il frotte la feuille avant de dire :
– Oh zut, c'est pas ma gomme, c'est un cornichon ! Vous en voulez ?

Ça y est, monsieur Boulala commence à respirer difficilement. Il a l'air vachement moins cosmique comme ça. Il bredouille :

– C'est… c'est plein de vitamines, les gommes…

Alors, Gilberte demande :

– Et son devoir de français, vous ne voulez pas le voir ?

Tout en reculant d'un mètre, monsieur Boulala répond :

– Je ne suis pas sûr que…

– Mais si, monsieur, attendez, intervient Dylan.

Il sort de son cartable une feuille criblée de trous. Le visage de monsieur Boulala s'agite de tics.

– C'est qu-qu-quoi ? demande-t-il.
– C'est pas ma faute, répond Dylan. Je fais un élevage de chenilles, et elles adorent vos devoirs. Oh, là, regardez, un papillon !

Tout à coup, monsieur Boulala devient rouge. Rouge de chez rouge : je ne l'ai jamais vu comme ça.
Ça va être le moment d'agir. De mettre la touche finale. On entend notre maître répéter :
– J'ai besoin de paix… de paix… de paix…
Brusquement, Dylan lâche un énorme pet.

Monsieur Boulala pousse un étrange gémissement, une sorte de « Gniiiiii ». Puis il se met à hurler, en agitant la feuille beurre-merguez de Dylan, et aussi son devoir à trous :

– C'est n'importe quoi ! N'importe quoi ! Un A pour des devoirs pareils ? Mais c'est un B qu'il mérite... Non, un C... Un D, un E, un Z ! Z, Z, Z, Z, Z !

Et notre maître se précipite vers son bureau, et d'un grand coup de stylo rouge, il barre le A, et écrit plein de Z puis à côté : « C'est nul, nul, je n'ai jamais vu un devoir aussi mauvais ! »

Dylan, lui, a l'air heureux.

Monsieur Boulala, lui, est de plus en plus furieux. Il regarde la classe et aperçoit les tables empilées, ainsi que les affaires amassées au milieu de la pièce.

– Qu'est-ce que c'est que ce désordre ? hurle-t-il. Qui a mis ma classe dans cet état ?

Je me tourne vers Lucy : on dirait bien qu'on a réussi ! Gilberte aussi est heureuse : elle est redevenue la meilleure élève de toute l'histoire de l'humanité, ou presque.

Monsieur Boulala observe Monsieur Bouée et s'exclame :
– C'est qui, celui-là ? Qu'est-ce qu'il fait dans ma salle ? Madame Bardot ? Madame Bardot !
Madame Bardot surgit, son plumeau à la main.
– Oui, monsieur Boulmerka ?
– Mettez-moi ce truc à la poubelle ! Il a voulu prendre la place de Monsieur Squelette. Et moi, je n'ai qu'un seul ami.

– Et laissez-moi votre plumeau, ordonne monsieur Boulala.
– Quoi ? Bon, mais vous y ferez très attention.
Madame Bardot s'en va, emportant Monsieur Bouée.

Tout à coup, notre maître s'écrie :

– Je suis sûr que c'est vous qui avez mis tout ce bazar. Rangez-moi la classe immédiatement, ou vous aurez des Z vous aussi !

– Quoi ? bredouille Gilberte. Mais…

– Tout de suite !

Nous répondons en chœur :

– Oui, monsieur.

On passe toute la journée à ranger la classe. Heureusement, tous nos copains nous aident. Monsieur Boulala, lui, s'occupe du ménage. À sa façon, évidemment.

En fin d'après-midi, Clara et moi, nous attendons maman dans la cour de l'école. Une fois encore, Gilberte est entourée d'une foule d'élèves, qui la remercient pour avoir mis fin à ce cauchemar. C'est alors que Kédon vient me voir, et il me glisse à l'oreille :
– Je sais que c'est aussi grâce à toi qu'on est enfin débarrassés de notre Boulala planétaire. Merci.
J'ai l'impression de fondre sur place.
Je réponds :
– Oh, c'est rien, j'ai juste…

Puis Kédon se tourne vers Clara et il écarquille les yeux. Il me demande :
– C'est ta sœur ?
– Bah oui. Clara. Ma petite sœur. Elle est en CE1.
– OK. Bye !
Et il s'en va, avec toujours sur le dos son cartable trop bas. Il faudra qu'un jour, il pense à le régler correctement.

Sur le chemin du retour, maman reste silencieuse. Au moment d'arriver chez nous, elle finit par nous dire :
– Vous serez gentilles avec votre père, il a connu un moment difficile aujourd'hui.

Je grimace : je suppose qu'il a passé la journée à rendre la maison plus cosmique qu'avant. À l'idée de retourner dans ma chambre, j'en ai des frissons.

C’est alors que papa passe la tête par la porte d’entrée. Il a deux nouvelles bosses énormes sur le front, et surtout, il a l’air très, très en colère.

Clara et moi, on se tourne vers maman, et on lui demande :

– Qu’est-ce qui lui est arrivé ?

– Il a voulu passer l’aspirateur dans les escaliers. Il ne s’était pas essuyé les pieds avant d’entrer dans le trou cosmique. Il croyait que la force céleste des étoiles le protègerait.

Puis maman ajoute dans un soupir :
– Je crois bien que votre maître nous a raconté n'importe quoi…
Ma sœur et moi, nous nous regardons avec un sourire plein d'espoir. Je demande :
– Alors, ça veut dire que…
– Oui, répond maman. On a tout remis comme avant.
Nous poussons un cri de joie.
Notre père arrive alors pour nous dire :

Mais tant pis ! Tout est bien qui finit bien, et c'est drôlement chouette.
Clara demande :
– On pourra quand même garder le lit superposé ?
Mes parents se tournent vers moi, en attendant ma réponse. Je soupire et dis :
– D'accord…
Il faut bien tenir ses promesses, pas vrai ?

À la maison, on retrouve des habitudes qu'on avait un peu perdues.

Bref, la vie recommence comme avant. Et moi, j'aime bien.
C'est alors qu'on entend sonner à la porte d'entrée.
– Tiens, s'étonne maman, je me demande qui c'est.
Elle va ouvrir, mais il n'y a personne. Une enveloppe est posée sur le paillasson.
Une enveloppe d'abord qui me surprend…

… et qui, finalement, ne me plaît pas, mais alors pas du tout !
Une vision d'horreur s'impose à moi.

Bouh, là, là !

Découvre d'autres romans
bayard jeunesse

Nulle en maths

Victoire est pire que nulle en maths. Elle a tout essayé, mais rien à faire : elle y est totalement imperméable, au grand désespoir de ses parents. Armée d'une clé à molette, elle peut faire des merveilles, mais ça, tout le monde s'en fiche : plombière, ce n'est pas un métier. Quand ses parents commencent à parler de pension, Victoire panique : QUOI ? EN PENSION ? Loin de son meilleur copain Yacer, des merveilleux makrouts de Nana et de Shéhérazade, son adorable ratte des sables ? Et tout ça à cause de trois malheureux zéros ? Seul moyen d'y échapper : avoir la moyenne en maths avant la fin de l'année...

Mortel un jour, mortel toujours

À la maison, Adèle a créé une nouvelle invention : un détecteur de mortellitude. Enfin un moyen de reconnaître ses semblables, des gens bizarres et mortels à la fois ! Adèle décide de tester son invention à l'école : Geoffroy, Jade, Miranda, Jennyfer… tous ses camarades y passent mais aucun ne fait bouger l'aiguille du détecteur. Adèle va-t-elle trouver quelqu'un d'aussi mortel qu'elle ?

Les 9 de la rue Barbe

La rue Barbe est une petite rue tranquille d'une petite ville, non loin de Paris, mais on ne le devinerait pas. Elle est bordée de maisons et d'un petit immeuble. À un bout, un bar, à l'autre, le jardin où se retrouvent tous les enfants de la rue. Parmi eux, neuf sont copains à la vie à la mort : Léa, Gaston, Nino, Ambre, Elsa et Jade, Lucrèce et Léandre, et Tom.

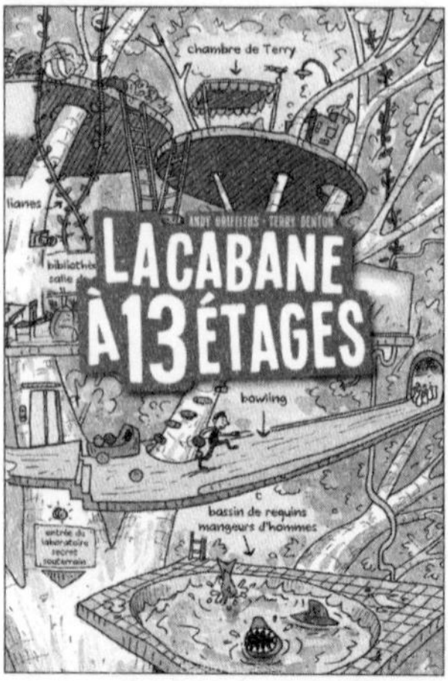

La cabane à... étages

Bienvenue dans la cabane la plus cool de l'univers !
Chez Andy et Terry, il y a des lianes pour se déplacer de pièce en pièce, une piste d'auto-tamponneuses, une fontaine en chocolat, une académie d'escargots ninjas... et ce n'est jamais fini !

Impression réalisée par La Tipografica Varese Srl, Varese
pour le compte des Editions Bayard